Grosse semaine, petite souris!

Pour Debbie — E.F.
À tous mes fabuleux amis, et à nos merveilleuses fêtes — K.F.

Les illustrations de ce livre ont été réalisées au moyen de Fimo®, un matériau de modelage malléable.
Le texte a été composé en caractères Avenir.

Conception graphique : Julia Naimska.

Catalogage avant publication de la Bibliothèque nationale du Canada

Fernandes, Eugenie, 1943-
[Big week for little mouse. Français]
Grosse semaine, petite souris! / Eugenie Fernandes ;
illustrations de Kim Fernandes ; texte français de Lucie Rochon-Landry.

Traduction de: Big week for little mouse.
Pour enfants.

ISBN 0-439-96600-0

I. Fernandes, Kim II. Rochon-Landry, Lucie III. Titre.IV. Titre : Big week for little mouse. Français.

PS8561.E7596B4414 2004   jC813'.54   C2003-905471-3

Édition publiée par les Éditions Scholastic, 175 Hillmount Road, Markham (Ontario) L6C 1Z7, avec la permission de Kids Can Press Ltd.

5 4 3 2 1   Imprimé à Hong-King, Chine   04 05 06 07

Grosse semaine, petite souris!

Eugenie Fernandes
Illustrations de Kim Fernandes

Texte français de Lucie Rochon-Landry

Éditions
SCHOLASTIC

Petite souris ne fait que commencer.
Elle a une semaine pour tout préparer.
Sept journées qui seront bien remplies,
mais quel plaisir quand elle aura fini!

Lundi, jour des gros travaux,
petite souris lave planchers et carreaux.
Seaux **vides**, seaux **pleins**.
Elle **pousse** et **tire** avec entrain.

Mardi, jour de la lessive,
à savonner, petite souris s'active.
Il faut **mouiller**, puis faire **sécher**.
En **haut**, en **bas**, la lessive semble danser.

Mercredi, petite souris cueille des fleurs.
Des **courtes**, des **longues**, de toutes les couleurs.
Des **grosses** et des **petites** aussi.
Son bouquet est bien garni!

Jeudi, elle achète de la gelée,
des citrons **sûrs** et des bleuets **sucrés**.
Oups! Il ne faut surtout pas tacher
les carreaux **noirs** et **blancs** du plancher!

Vendredi, petite souris décore ses chapeaux. Plumes et ficelle, comme ils sont originaux! Chapeau de **soleil**, chapeau de **pluie**, chapeau **ordinaire** ou de **fantaisie**!

Samedi, il y a un gâteau à glacer.
Vanille **claire** et chocolat **foncé**.
Petite souris travaille toute la **journée**
et passe toute la **nuit** à rêver.

Dimanche, petite souris gonfle des ballons,
et les accroche **ici** et **là** sans façon.
Des ballons ronds, des ballons longs.
Au-dehors et **au-dedans** de la maison.

Petite souris a terminé.
Elle attend ses invités.

Hourra! Ses amis sont là!
Ils courent, jouent et rient aux éclats!

Quelle semaine! Quelle journée!
Tous ses amis lui ont chanté :
« Nous aimons venir fêter ici. »

« Joyeux anniversaire,
petite souris! »